Chers amis rongeurs,
bienvenue dans le monde de

Geronimo Stilton

GERONIMO STILTON

TÉA STILTON

BENJAMIN STILTON

TRAQUENARD STILTON

PATTY SPRING

PANDORA WOZ

Texte de Geronimo Stilton.
*Basé sur une idée originale d'*Elisabetta Dami.
Coordination éditoriale de Patrizia Puricelli.
Collaboration éditoriale de Roberto Pavanello.
Édition de Serena Bellani *et* Alessandra Rossi.
Coordination artistique de Roberta Bianchi.
Assistance artistique de Lara Martinelli *et* Tommaso Valsecchi.
Couverture de Giuseppe Ferrario.
Pour *Le Monstre du lac, illustrations intérieures de* Claudio Cernuschi *(dessins)* et Giuseppe di Dio *(couleurs).*
Pour *Colossale arnaque!, illustrations intérieures de* Paolo de Capite *(dessins)* et Anna Ziche *(couleurs).*
Cartes : Archives Piemme.
Graphisme de Michela Battaglin *et* Marta Lorini.
Traduction de Titi Plumederat.

www.geronimostilton.com

Pour l'édition originale :
© 2007, 2010, Edizioni Piemme S.p.A. – Corso Como, 15 – 20154 Milan, Italie
sous les titres *Il mostro di lago Lago* et *Una truffa coi baffi.*
International rights © Atlantyca S.p.A. – Via Leopardi, 8 – 20123 Milan, Italie
www.atlantyca.com – contact : foreignrights@atlantyca.it
Pour l'édition française :
© 2013, Albin Michel Jeunesse – 22, rue Huyghens, 75014 Paris
Blog : albinmicheljeunesse.blogspot.com
Loi 49-956 du 16 juillet 1949 sur les publications destinées à la jeunesse
Dépôt légal : premier semestre 2013
Numéro d'édition : 20578/3
ISBN-13 : 978 2 226 24755 1
Imprimé en France par Pollina S.A. en avril 2014 - L68078B

Geronimo Stilton

LE MONSTRE DU LAC LAC

ALBIN MICHEL JEUNESSE

ALLUME LA TÉLÉ, VITE !

C'était une douce matinée de PRINTEMPS. J'étais en train de nourrir mon petit **poisson** rouge chéri, Hannibal, lorsque…

Oh, excusez-moi, je ne me suis pas présenté : je m'appelle Stilton, *Geronimo Stilton*. Je dirige *l'Écho du rongeur*, le journal le plus célèbre de l'île des Souris.

Et voilà !

Je disais donc que j'étais en train de nourrir Hanni-bal, lorsque le téléphone **SONNA**, ce qui me fit renverser d'un coup beau-coup trop de granulés dans l'aquarium !

Allume la télé!

– Geronimo, c'est Téa, allume la télé, vite ! Je te rappelle après !

C'était ma sœur Téa, l'en-voyée spéciale de *l'Écho du rongeur* : **que pouvait-il bien y avoir de si urgent ?**

J'avais à peine raccroché que le téléphone sonna de nouveau. Je fus balayé par un **HURLE-MENT** si puissant que je renversai plein de granulés par terre.

Gamin!

– Gamin, c'est moi ! Allume la télé-vision, vite ! Bouge-toi ! Je te rappelle après !

C'était mon grand-père, Honoré Tourne-

boulé, le fondateur de *l'Écho du rongeur* : **que pouvait-il bien y avoir de si urgent ?**
Je m'approchais de la télévision, lorsque le téléphone sonna de nouveau. Je fis un bond en l'air et avalai plein de granulés.

– Salut, G ! Tu **REGARDES** la télé ?

– Frlmp... fpmlp... ptui... ptui... répondis-je en **recrachant** les granulés.

– Je ne comprends rien ! La ligne est mauvaise ! Bon, de toute façon, dépêche-toi d'allumer la télé ! Je te rappelle après !

Salut, G !

J'avais été ridicule !

Et avec mon amie **Patty Spring**, en plus ! Avec cette charmante journaliste de la télévision qui consacre sa vie à la défense de l'environnement et des animaux ! Vous l'aurez compris, j'ai un faible pour elle !

Que pouvait-il bien y avoir de si urgent ?

Je venais d'attraper la télécommande, lorsque j'entendis sonner à la porte : Driiiiing !!!
Je me pris les pattes dans le tapis et les granulés giclèrent de tous les côtés !

DERNIÈRE ÉDITION !

J'ouvris la porte et je fus aussitôt renversé par deux **CYCLONES**.

– Vite, oncle Geronimo, allume la télé !

Lorsque je fus remis de ma **surprise**, je vis, assis sur mon divan, mon petit neveu chéri Benjamin et son amie Pandora Woz, la nièce de Patty Spring.

– Oncle G ! SIFFLA Pandora. Viens voir ça !

Je regardai l'écran de télévision et sursautai…

Un journaliste était en train d'interviewer **Sally Rasmaussen**, ma rivale numéro un :

« Quand avez-vous vu le **MONSTRE** pour la première fois ?

– *Ça alors*, je vous l'ai déjà dit ! Un de mes amis qui

habite au bord du lac l'a vu hier, *alors !* Bon, *alors*, ne me faites pas perdre mon temps ! Vous n'avez qu'à lire l'édition spéciale de *la Gazette du rat, non mais alors !* À la une, vous verrez une **PHOTO** du monstre du lac Lac, *alors !* »

Par mille mimolettes ! Avais-je bien entendu ? Un monstre dans le lac Lac ? Et *la Gazette du rat* sortait une édition spéciale ?

Il n'y a pas une seconde à perdre !

Le téléphone se remit aussitôt à **sonner**. Le premier à rappeler fut mon grand-père Honoré :

Je déteste les voyages...

– Allô, gamin ! Tu as entendu ça ? Il faut que tu partes tout de suite ! **Il n'y a pas une seconde à perdre !**

– Mais, grand-père, tu sais bien que je DÉTESTE les voyages…

Mais mon grand-père avait déjà raccroché.

Puis c'est Téa qui rappela :

– Allô, Geronimo ! Tu as entendu ça ? Nous devons partir tout de suite ! **Il n'y a pas une seconde à perdre !** Je passe te prendre !

– Mais, Téa, tu sais bien que je DÉTESTE les voyages…
Mais Téa avait déjà raccroché.

Enfin, c'est Patty Spring qui rappela :

– Allô, G ? Tu as entendu ça ? C'est une nouvelle à ne pas laisser échapper ! Il pourrait s'agir d'une espèce que l'on croyait éteinte ! Nous devons partir tout de suite ! **Il n'y a pas une seconde à perdre !** Je passe te prendre !

Puis elle raccrocha. JE DÉTESTE LES VOYAGES…
Mais pour Patty, j'étais prêt à tout !

– Oncle Geronimo, demanda Benjamin, nous aussi, nous pouvons venir au lac Lac, hein ?

– Ça pourrait être DANGEREUX…

– Allez, oncle G ! ajouta Pandora. Si tu es là, il ne pourra rien nous arriver !

Je n'avais pas envie de les décevoir… et je répondis :

– D'accord !

NOUS PARTONS TOUS À LA RECHERCHE DU MONSTRE !

À LA TRUITE D'OR !

Une mauvaise surprise nous attendait au lac Lac : toutes les **télévisions** et tous les journaux de l'île des Souris avaient envoyé leurs **PHOTO-GRAPHES** et leurs reporters !

Il y avait des rongeurs partout et l'on n'entendait parler que du **MONSTRE** ! D'innombrables curieux étaient arrivés en camping-car ou en caravane. Toutes les chambres du seul hôtel de la région, À la Truite d'or, étaient prises.

Heureusement, Téa avait eu le temps de réserver cinq lits !

Le **DIRECTEUR** nous accueillit, suivi de deux rongeurs qui se ressemblaient beaucoup.

– Bonsoir, mesdames et messieurs. *Hé, hé, hé !*

Je m'appelle **Rado Douce**. Je suis le directeur de l'hôtel et je vous souhaite la bienvenue. *Hé, hé, hé !* Avez-vous fait bon voyage ?

– Excellent ! répondirent mes amis, tandis que j'essayais de me remettre du mal de voiture.

– *Ce monsieur est avec vous ?* demanda Rado Douce en me désignant.

– Oui, bien sûr… répondis-je. Mon nom est… Stilton, 𝒢𝑒𝓇𝑜𝓃𝒾𝓂𝑜 𝒮𝓉𝒾𝓁𝓉𝑜𝓃…

– Stilton ? Le célèbre écrivain ? C'est un grand **honneur** de vous avoir parmi nous ! dit-il en

me broyant la patte. *Hé, hé, hé !* Cet endroit avait bien besoin d'un peu de **PUBLICITÉ** ! *Hé, hé, hé !* J'ai eu vraiment beaucoup de chance de me trouver au bon endroit la semaine DERNIÈRE...

Je m'exclamai :

– La semaine dernière ? Bizarre, à la télévision, ils ont dit que le **MONSTRE** avait été vu hier pour la première fois...

Rado Douce balbutia :

– Euh... oui, enfin... je voulais dire... hier soir...

– Et c'est vous qui avez **PRÉVENU** madame Rasmaussen ? demandai-je, parvenant enfin à me libérer de sa **POIGNE**.

– Évidemment ! Sally, c'est-à-dire... madame **Rasmaussen** est une vieille connaissance, *hé, hé, hé !* Quand elle a appris la *nouvelle*, elle

Monsieur Stilton !

a voulu acheter l'exclusivité. Elle paye très bien !
Hé, hé, hé !
Je répliquai :
– Mon journal paye très bien, lui aussi, vous savez !
Rado Douce ricana :
– Intéressant, *hé, hé, hé !* Mais vous voyez, monsieur Stilton, je connais Sally, c'est-à-dire... madame Rasmaussen depuis tant d'années que j'ai aussitôt pensé à elle.
Il était encore en train de parler, quand mon téléphone portable sonna. J'entendis la voix de grand-père Honoré qui grondait :
– Alors, tu es arrivé ? BOUGE-TOI, ET QUE ÇA SAUTE !
– Oui, grand-père...
– Il était temps ! Dépêche-toi ! Je t'ai envoyé un photographe, il est déjà sur place. BOUGE-TOI, ET QUE ÇA SAUTE !
– Mais, grand-père, je...
– Ne me remercie pas ! Et ne ménage pas tes efforts !

Je veux la photo de ce monstre avant demain soir !
BOUGE-TOI, ET QUE ÇA SAUTE!

– Écoute, grand-père…

Mais il avait déjà raccroché. **Rado Douce** reprit,
ricanant toujours :

– Si vous voulez bien me suivre, je vais vous montrer

vos chambres. *Hé, hé, hé !*

Puis il s'adressa aux
deux rongeurs :

– **Zip, Zap !**

Prenez les bagages de
ces messieurs-dames.

Argh!

INDICE Nº 1 ◄ - - - - - - ┐
EN PARLANT DU MONSTRE,
RADO DOUCE A DIT QUELQUE CHOSE
DE BIZARRE. QUOI ?

Un grenier royal !

Rado Douce ajouta :

– Hélas, je n'ai qu'une chambre de quatre. Pour la cinquième personne, j'ai pensé à une solution SIMPLE mais confortable ! *Hé, hé, hé !*

En vrai noblerat, je me contentai de la solution « simple mais confortable ».

– Suivez-moi au GRENIER, monsieur Stilton ! Vous y serez… comme un roi !

– Au *gre… gren… grenier* ? demandai-je en escaladant l'ESCALIER avec ma valise sur le dos.

J'AURAIS ÉTÉ TELLEMENT MIEUX CHEZ MOI !

– Puis-je savoir s'il y a une salle de bains dans ma chambre ?

– Il y a tout ce qu'il faut au rez-de-chaussée. Vous n'aurez que **dix** volées d'escalier à descendre, mais pour un rongeur athlétique  comme vous... *Hé, hé, hé !* Naturellement, pour l'eau **CHAUDE**, on vous demandera un petit supplément... *Hé, hé, hé !*

J'AURAIS ÉTÉ TELLEMENT MIEUX CHEZ MOI !

– Le matelas est bien moelleux, au moins ?

– Très très moelleux ! Il vous faudra simplement faire attention aux trous dans le toit, il pourrait y avoir des **CHAUVES-SOURIS** qui rentrent...

– Des chauves-souris ?!?

J'AURAIS ÉTÉ TELLEMENT MIEUX CHEZ MOI !

Rado Douce ouvrit la porte du grenier et dit :

– Vous serez très bien là-dedans, avec votre compagnon de chambre !

Soudain, je fus aveuglé par l'éclair d'un flash très puissant !

– Je m'appelle **ZYGÈNE SQUALE** et je ne rate jamais ma cible !

C'était sûrement le **PHOTOGRAPHE** envoyé par grand-père Honoré !

LE PHOTOGRAPHE
DE SALLY

Lorsque je descendis pour dîner, d'autres **mauvaises** surprises m'attendaient. **Sally Ras-Maussen** était assise à la table à côté de la nôtre. Dès qu'elle me vit, elle m'attaqua :

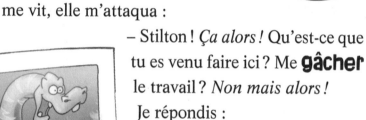

– Stilton ! *Ça alors !* Qu'est-ce que tu es venu faire ici ? Me **gâcher** le travail ? *Non mais alors !*
Je répondis :
– Photographier le monstre, Sally.
– Tu arrives trop tard, mon pauvre ! Cette fois, le scoop est à moi. **Regarde !**

Elle me fourra **sous** le nez la photo du monstre : il était un peu caché par le brouillard, mais il était vraiment **IMPRESSIONNANT** !

Puis Sally me dit :

RATO ZOOM

– Laisse-moi te présenter l'auteur de ce chef-d'œuvre, *alors* ! **RATO ZOOM**, mon meilleur photographe ! Derrière elle surgit un rongeur à la mine très bizarre, qui me fit un **SOURIRE** ressemblant à une grimace !

J'essayai de garder mon **CALME** et répliquai :

– Bon, tu as remporté la première manche, mais c'est moi qui aurai la prochaine **PHOTO** !

– Ça m'étonnerait ! De toute façon, le monstre ne se montrera pas avant demain à l'**AUBE**, *non mais alors* !

– Comment le sais-tu ? demandai-je.

Mais elle était déjà **PARTIE**.

Cette histoire devenait vraiment très étrange... Je m'assis à table, mais j'étais incapable de détacher mes **YEUX** de la photo du monstre : il y avait quelque chose qui ne collait pas.

Patty, elle aussi, lorsqu'elle vit la photo, s'exclama :

– Je ne suis pas du tout convaincue par ce monstre, je n'ai jamais rien vu de pareil !

Je l'interrogeai, inquiet :

– Tu penses qu'il pourrait être **DANGEREUX** ?

– Pas de panique, frérot ! me rassura Téa. Nous nous occuperons de ce **MONSTRE** demain ! Pour l'instant, il est l'heure d'aller dormir !

INDICE N° 2 ◄ - - - - ┐
AVANT DE
S'EN ALLER, SALLY A DIT QUELQUE
CHOSE DE BIZARRE. QUOI ?

DES TOILETTES, VIIIIIITE !

Je passai une nuit très agitée.
ZYGÈNE SQUALE ronflait comme un trombone et je rêvai tout le temps du **MONSTRE**. Soudain, j'eus un besoin urgent, très *URGENT*...

Je devais aller aux toilettes ! Je dévalai les **dix** volées d'escalier qui me séparaient du rez-de-chaussée, mais je trébuchai à la dernière MARCHE et allai m'écraser dans le hall de l'hôtel.
Je croyais que j'arriverais trop tard, lorsque je vis les toilettes.
J'ENTRAI : SAUVÉ !

Brusquement, j'entendis des voix dans la pièce d'à côté.

— Pourquoi faut-il prendre les bouteilles d'OXYGÈNE ? disait l'une d'elles.

— Parce que cette fois le monstre restera sous l'eau, répondit une

autre voix. Il ne sortira que la tête, personne ne doit voir qu'il a la queue **CASSÉE** ! Bon, on y va. Le chef nous a recommandé d'être à l'heure...

Je sortis sur la pointe des pattes pour voir qui parlait... mais il n'y avait plus personne ! Qui cela pouvait-il bien être ? Comment ces deux individus savaient-ils tout cela sur le monstre ? Et qui était leur **CHEF** ?

La porte de la pièce était ouverte, et je jetai un coup d'œil à l'intérieur : il n'y avait que des combinaisons, des palmes et des masques de plongée...

UN BILLET
SUSPECT

Je retournai dans ma chambre et tentai de réveiller Zygène. Rien à faire ! Il ronflait comme un trombone ! Je me dis qu'il valait mieux essayer de dormir un peu. J'enfonçai ma tête dans l'oreiller, mais je l'entendais quand même. **J'ÉTAIS DÉSESPÉRÉ !** Pas moyen de m'endormir... J'étais là, assis sur mon lit, les **YEUX** écarquillés, lorsqu'un léger bruissement me fit dresser l'oreille.

Quelqu'un avait glissé une **ENVELOPPE** **sous** la

Tiens ?!

porte. Qui cela pouvait-il bien être ? Je pris mon courage à deux pattes et lus le billet.

> SI TU AS CONFIANCE EN MOI – JE SUIS UN PEU MAGICIEN –, SOIS DÈS L'AUBE AU BORD DU LAC, PRÈS DES RUINES DU CHÂTEAU. LE MONSTRE EN PERSONNE SERA LÀ ! UN AMI QUI TE VEUT DU BIEN… MAIS PAS À SALLY RASMAUSSEN.

Ça sentait l'**escroquerie** : quelqu'un connaissait avec précision l'heure d'apparition du monstre…

INDICE N° 3

POURQUOI GERONIMO PENSE-T-IL QUE C'EST UNE ESCROQUERIE ?

À MOTO AVEC ZYGÈNE

Soudain, Zygène se réveilla à son tour et se mit à me mitrailler à coups de flashs.

– Où est le monstre ? Où ça ?!

Toujours sceptique, je lui lus le billet.

Nous décidâmes d'aller malgré tout au rendez-vous.

Dehors, il régnait un épais **brouillard**.

Devant l'hôtel, nous rencontrâmes monsieur **Rado Douce**.

– Je peux faire quelque chose pour vous, monsieur Stilton ? me demanda-t-il. *Hé, hé, hé !*

– Nous devons nous rendre sur l'autre rive du LAC, celle du château en ruine, mais nous n'avons pas de véhicule…

– Vous savez piloter une moto, monsieur Stilton ?

– Moi, je **sais** ! répondit Zygène.

Une minute plus tard, j'étais assis dans un side-car* conduit par Zygène, qui chantait à tue-tête !

Lorsque nous approchâmes du bord du lac, il voulut **FREI-NER**... mais nous rentrâmes dans un vieux chêne !

QUEL CHOC !!!

La moto était détruite, mais nous étions arrivés, et surtout nous étions seuls ! Il nous restait à espérer que l'auteur du **MYSTÉRIEUX** billet avait finalement dit la vérité. À cet instant, l'eau du lac se mit à **bouillir** et quelque chose de sombre s'agita sous la surface...

* Il s'agit d'un « panier » à roue attachée à une motocyclette.

Un coup
de queue

Une longue et énorme queue jaillit hors de l'eau !

– Vite, Zygène ! criai-je.

CLIC ! CLIC ! CLIC ! CLIC !

Au même moment, d'autres flashs crépitèrent et une foule de photographes sortit des **fourrés**.

Ils se *RUÈRENT* tous vers la rive en nous entraînant avec eux. Le photographe de **SALLY** me poussa si fort que je tombai à l'eau et il s'en fallut d'un poil que je ne sois assommé par un COUP de queue du monstre.

Celui-ci plongea alors que je regagnais la rive.

L'auteur du **MYSTÉRIEUX** billet m'avait trompé :
il avait donné la même information à tout le monde…

… ADIEU LE SCOOP !

Au secouuurs !

ÉDITION SPÉCIALE !

Zygène et moi retournâmes à patte à l'hôtel...

... où Rado Douce nous accueillit avec son habituel *sourire*.

– Alors, monsieur Stilton, la moto vous a été utile ?
Hé, hé, hé !

Je **ROUGIS** et répondis :

– Euh, eh bien... en fait... la moto... a été un peu **abîmée**...

Il ricana :

– Oh, ne vous inquiétez pas. Nous allons la faire réparer. Ça vous coûtera juste... un petit **supplément**, *hé, hé, hé !*

Nous montâmes aussitôt dans la chambre et, pendant que Zygène imprimait les **PHOTOS**, je piquai un petit somme.

Lorsque nous descendîmes pour le petit déjeuner, Patty vint à ma rencontre, tout excitée.

– Cet endroit est une merveilleuse oasis naturelle ! Il faut empêcher qu'elle ne soit **saccagée**. Surtout maintenant que cette histoire de monstre a éclaté.

Puis Téa, Benjamin et Pandora arrivèrent à leur tour.

– Salut, oncle Geronimo, tu as réussi à photographier le **MONSTRE** ? demanda Benjamin.

Il contempla les photos et dit :

– Oui... enfin presque...

– Hé ! s'exclama Pandora. On voit le monstre sur celle-là. En tout cas un petit bout...

Nous regardâmes.

– AH, AAAH ! s'exclama Zygène, triomphant. Squale ne rate jamais sa cible !

J'examinai mieux la photo : il y avait quelque chose de bizarre sur la queue. Mais qu'est-ce que c'était ?

INDICE N° 4

AS-TU REMARQUÉ QUELQUE CHOSE DE BIZARRE SUR LA QUEUE DU MONSTRE ?

LE MORAL DANS LES CHAUSSETTES

Le lendemain, tous les journaux publièrent de meilleures photos que la nôtre et imprimèrent des grands titres à la une.

Quand je croisai Sally Rasmaussen, elle me fourra sous le nez la deuxième édition **EXTRAORDI-NAIRE** de *la Gazette du rat*.

– Prends-en de la graine, Stilton, *alors !!!* Nous, nous ne nous contentons pas d'une simple queue, *non mais alors !* C'est tout ou rien ! *Alors !!!*

Je feuilletai le journal de Sally : j'avais le moral dans les **CHAUSSETTES** !

Soudain, Benjamin s'exclama :

– Cette photo ne peut pas avoir été prise par RATO

LA GAZETTE DU RAT
UN MONSTRE AU LAC LAC

ZOOM ! Regardez où se trouvent les **RUINES DU CHÂTEAU**...

Nous examinâmes attentivement la photo : Benjamin avait raison !

Toute cette histoire sentait de plus en plus l'**escroquerie** et nous devions découvrir ce que cela cachait.

INDICE N° 5

POURQUOI RATO ZOOM NE PEUT-IL PAS AVOIR PRIS CETTE PHOTO AVEC LES AUTRES PHOTOGRAPHES ?

DEUXIÈME BILLET
SUSPECT

Je passai encore une nuit atroce. Zygène **ronflait** de plus en plus fort et je n'arrivais vraiment pas à dormir !

C'est alors que j'eus une **idée** : il fallait que je **DÉCOUVRE** qui étaient ces gars, *ou plutôt ces rats*, que j'avais entendus parler dans la pièce près des toilettes.

Je pris mon courage à deux pattes et **descendis** au rez-de-chaussée. J'entrai aux toilettes et j'entendis de nouveau des voix qui provenaient de la pièce voisine.

– Il faut encore qu'on **plonge** ?

– Oui, hier, on n'aurait pas dû voir la·queue quand

ce rongeur est tombé dans le lac ! Cette fois, le **MONSTRE** sortira un peu plus de l'eau…

Par mille mimolettes, c'étaient les mêmes voix ! Et elles parlaient de moi !

Tremblant, je **REGARDAI** par le trou de la serrure et je vis deux rongeurs habillés en souris-grenouille. *Bizarre, très bizarre…*

J'avais l'impression de les avoir déjà vus quelque part ! Je sortis pour les suivre, mais ils avaient disparu.

Je remontai au **GRENIER** et, sous la porte, trouvai une enveloppe. Je lus le billet qu'elle contenait…

SI TU VEUX BATTRE
TA CONCURRENTE,
L'AUBE PROCHAINE
SERA LE BON MOMENT !
COURAGE, RENDS-TOI
AUX MARÉCAGES… TU
VERRAS, LE MONSTRE
NE TE DÉCEVRA PAS !
UN AMI QUI TE VEUT
DU BIEN… MAIS PAS À
SALLY RASMAUSSEN.

RODÉO SUR LE MONSTRE

À l'aube, Zygène et moi étions de nouveau devant **La Truite d'or**.

Et devinez qui nous vîmes apparaître ! **Rado Douce**, qui me posa sa question habituelle :

– Je peux faire quelque chose pour vous, monsieur Stilton ? *Hé, hé, hé !*

Je répondis timidement :

– Pourriez-vous me dire... comment on va aux MARÉCAGES ?

Comme d'habitude, Rado Douce ricana :

– Oh, c'est très simple, il suffit de marcher dans cette direction pendant plusieurs kilomètres. Mais peut-être arriverez-vous plus vite en TANDEM. Ça vous coûtera juste...

– Je sais... dis-je. *Un petit supplément !*

Après avoir pédalé un moment, nous trouvâmes des panneaux indiquant les marécages. Le brouillard était dense... et soudain le dos du monstre *jaillit* hors de l'eau !

Quelle frousse féline !

Je criai :

– Vite, Zygène ! **UNE PHOTO !** Là-bas, vers le LAC !

Mais, cette fois encore, d'autres photographes sortirent des buissons et se précipitèrent vers la

rive pour mieux voir le **MONSTRE**… et une fois
encore Rato Zoom me fit tomber dans l'eau !
Puis le monstre, qui avait replongé, émergea de
nouveau et je me retrouvai… sur son dos !
– Zygène, la **PHOTOOOOOO** ! hurlai-je.
L'éclair de son flash illumina la nuit !
C'est alors que, d'une ruade, le monstre m'expédia
sur la rive.

– AIIIIIIE !

La photooo !

QUE S'EST-IL PASSÉ ?

Je me réveillai dans le grenier de l'hôtel.

– *Comment te sens-tu, oncle Geronimo ?* me demanda Benjamin.

– Pas trop mal… répondis-je en ouvrant les yeux. Mais que s'est-il passé ?

Benjamin dit avec fierté :

– Tu as **chevauché** le monstre, regarde !

Et il me montra la première page de *l'Écho du rongeur* avec une photo de MOI.

Zygène s'exclama :

– Vous avez vu ? Squale ne rate jamais sa cible !

– Tu as été très **COURAGEUX**, G ! dit Patty, ce qui me fit rougir.

Je suis un gars, *ou plutôt un rat*, très timide ! Et elle est une ⎡ongeuse si *charmante* !

Mon téléphone portable sonna et la voix de grand-père Honoré me fit sursauter :

– Gamin ! Tu as vu cette photo ? Je ne t'avais pas dit que Zygène Squale était un type **sensas** ? Je veux d'autres photos comme celle-là, plus nettes si possible ! Compris ? BOUGE-TOI, ET QUE ÇA SAUTE !

Encore Sally...

Bon, j'avais toutes les raisons d'être content! Mais à ce moment-là Sally Rasmaussen fit irruption dans ma chambre.

– *Et alors*, Stilton! FÉLICITATIONS, *alors!* Tu as vraiment fait une belle photo! Vraiment, *ça alors!*

– Tu le vois, mon **journal** peut arriver à la hauteur du tien! répondis-je, très satisfait.

– Oh, sûrement, *ça alors!* répliqua-t-elle. Mais mon **PHOTOGRAPHE** a été encore meilleur, *non mais alors!* Prends-en de la graine, *alors!*

Et elle me fourra sous le nez une autre photo du **MONSTRE** en gros plan.

– Je te l'ai dit, ce monstre est à moi, *non mais alors!*

Et je ne te laisserai pas me le voler, *non mais alors, alors, alors !!!*
Puis elle sortit en **claquant** la porte.
Cette nuit encore, **ZYGÈNE** ronfla comme une fanfare de trombones... et, une fois de plus, je ne pus fermer l'**œil** !

Je réfléchissais à toute l'histoire du monstre, à nos tentatives pour le prendre en photo, aux scoops de **Sally**, au comportement étrange de Rado Douce, aux deux rongeurs très louches de la pièce à côté des toilettes. **QUELLE CONFUSION...**
Il fallait vraiment que je retrouve ces rongeurs !
Je me levai, ouvris la porte, descendis l'escalier sur la pointe des pattes et m'enfermai dans les toilettes.
La chance me sourit... Dans la pièce d'à côté, j'entendis des voix que je connaissais bien :

–Mais, Sally, c'est trop dangereux !

– Je m'en moque, *alors* ! Ce nigaud de Stilton a réussi à chevaucher le monstre et pas moi, *alors* ? Je veux une **PHOTO** de moi à cheval sur le monstre ! Cette nuit, tout de suite, *non mais alors* !

– D'accord, Sally, rendez-vous à **3 HEURES** pile au centre du lac. Vous deux, allez vous préparer.

– Et vous n'avez pas intérêt à être en retard d'une minute, *non mais alors* ! Et maintenant, débarrassez le plancher, bande de mimolettes ! *Alors* !

cancoillottes ! *Alors !* Camemberts avariés ! *Alors, alors, alooors !!!*
Sally et Rado Douce sortirent de la pièce, suivis par les deux souris-grenouilles : j'avais enfin compris qui ils étaient !
J'allai réveiller mes amis : c'était à nous de passer à l'**action** !

INDICE N° 6 ◄ - - - - - - ¬

AS-TU RECONNU LES DEUX PLONGEURS ?

UNE SURPRISE
VENUE DU CIEL

C'était une **nuit** sans lune. Zygène et moi arrivâmes au centre du **LAC** à bord d'un **canot pneumatique** que Patty avait dans le coffre de sa voiture.

J'avais les moustaches qui vibraient de peur !

Quelle frousse féline !

Nous entendîmes bientôt le **BRUIT** d'un canot à moteur qui s'approchait à toute vitesse, tous phares éteints. Nous nous tapîmes au fond de notre embarcation. Je reconnus aussitôt les voix de ceux qui étaient à bord...

– Il faudrait se dépêcher, *alors!!!* Je n'ai pas l'intention de passer la nuit à me cailler!

– Sois tranquille, Sally, Zip et Zap ne vont pas tarder. *Hé, hé, hé!*

– J'espère bien, *non mais alors!* Et toi, Rato, ne rate pas la photo, cette fois! J'en ai marre de devoir retoucher tes **HORRIBLES** photos pour pouvoir les publier, *alors!!!*

Soudain, nous entendîmes une sorte de GRON-DEMENT dans le lointain et nous vîmes le monstre qui avançait, venant du bout du lac!

Je murmurai :

– Prépare-toi à photographier, Zygène!

– **SQUALE** ne rate jamais sa cible! dit-il en se mettant debout.

C'est alors qu'une VAGUE provoquée par le monstre souleva le canot et que Zygène tomba à l'eau, illuminant le lac de l'éclair de son flash.

Sally s'aperçut de notre présence.

– Stilton! *Ça alors!* cria-t-elle. Tu ne renonces jamais?

Je ne parvins pas à lui répondre, car j'étais trop occupé à essayer de repêcher Zygène.

Cependant, le **MONSTRE** approchait!

Je me préparais à finir comme une croquette pour chat, quand au-dessus de nos têtes apparut un **hélicoptère** : c'étaient Téa et mes amis! Je réussis à faire remonter Zygène sur le **canot**, mais le monstre nous fonçait dessus! Heureusement, une échelle de **CORDE** lancée de l'hélicoptère me tomba sur les moustaches : Zygène et moi nous cramponnâmes aux barreaux, **ÉCHAPPANT** de justesse au monstre!

À CHEVAL SUR
LE MONSTRE

Incroyable : Zygène avait réussi à photographier le **MONSTRE** sous l'eau !

– **Squale ne rate jamais sa cible !** répétait-il fièrement.

Le lendemain, la photo fut publiée à la une de *l'Écho du rongeur* !

Dans l'article, j'expliquai le **PLAN** de ce voyou de **Rado Douce**. Vous l'avez deviné, n'est-ce pas ?

Il avait imaginé l'**escroquerie** du monstre pour attirer des

foules de touristes et faire des affaires en **or**.
Avec l'argent gagné, il aurait pu agrandir son
hôtel et serait devenu le rongeur le plus **riche**
de la région.

Et **Sally** ? Eh bien, grâce à l'exclusivité qu'elle
avait obtenue sur ces informations, son journal se
serait vendu à des milliers d'exemplaires. Hélas
pour elle, ce fut *l'Écho du rongeur* qui battit tous
les records de vente !

VOULEZ-VOUS SAVOIR COMMENT TOUT SE TERMINA ?

Le juge accepta ma proposition de faire payer une
grosse amende à Rado Douce et à Sally Rasmaussen. Avec cet argent, on put réaliser un magnifique
parc naturel, où les voitures sont interdites et
où tout le monde peut aller se promener, jouer, faire
du vélo sans danger !

Et devinez quelle est la plus grande **attrac-
tion** de ce parc : le tour du lac sur le

monstre ! Évidemment, ce sont toujours nos
« amis » qui pédalent : monsieur Rado Douce, Zip
et Zap !

ES-TU UN BON...
ENQUÊTEUR?

▶ **1** En parlant du monstre, Rado Douce a dit quelque chose de bizarre. Quoi? *Il dit qu'il l'avait vu «la semaine dernière», alors que, à la télévision, Sally a dit que le monstre avait été aperçu «hier».*

▶ **2** Avant de s'en aller, Sally a dit quelque chose de bizarre. Quoi? *Que le monstre se montrera à l'aube! Comment peut-elle le savoir?*

▶ **3** Pourquoi Geronimo pense-t-il que c'est une escroquerie? *Parce que, comme Sally, l'auteur du billet sait que le monstre apparaîtra à l'aube.*

▶ **4** As-tu remarqué quelque chose de bizarre sur la queue du monstre? *Il y a un pansement, parce qu'elle est cassée, comme l'avaient dit les deux rongeurs dans la pièce à côté des toilettes!*

▶ **5** Pourquoi Rato Zoom ne peut-il pas avoir pris cette photo avec les autres photographes? *Au fond, on voit les ruines du château, alors que Rato Zoom se trouve sur la rive même du château. La photo a donc été prise à un autre moment et d'un autre endroit.*

▶ **6** As-tu reconnu les deux plongeurs? *Facile! Ce sont Zip et Zap.*

À COMBIEN DE QUESTIONS AS-TU RÉPONDU?

TOUTES LES 6 : TU ES UN ENQUÊTEUR AU POIL!

DE 2 À 5 : TU ES UN BON ENQUÊTEUR, MAIS TU PEUX ENCORE T'AMÉLIORER!

MOINS DE 2 : TU ES UN ASSEZ BON ENQUÊTEUR, ENTRAÎNE-TOI ENCORE POUR DEVENIR UN ENQUÊTEUR AU POIL!

COLOSSALE ARNAQUE!

CHERS AMIS RONGEURS,

Vous avez découvert les indices et résolu l'affaire du monstre du lac Lac? Alors vous êtes un enquêteur au poil et vous ne manquerez pas de travail sur l'île des Souris! En effet, quelques mois plus tard, j'eus à affronter une affaire très curieuse... mais je ne veux pas aller plus vite que la musique! Lisez cette nouvelle aventure, pleine de mystères et de coups de théâtre, et recherchez les indices avec moi... Une nouvelle affaire à résoudre nous attend!

Geronimo Stilton

Enfin à la maison...

C'était une **BRUMEUSE** soirée de novembre.
J'étais dans mon salon, vautré dans mon **fauteuil**
préféré, pour me reposer des fatigues de la journée.
Si vous saviez tout ce qu'il y a à faire dans une
rédaction !

Dans la **PATTE** droite, je tenais une tasse de camomille ; dans la gauche, un de mes chocolats préférés, un *Mon Soury*. Et, pour compléter le tout, j'écoutais la musique de mon compositeur favori… Mozart ! Mais, soudain, la sonnerie de l'interphone **BUUUUUUUUUZZZZZZZZZZZZ** me fit sauter en l'air !!!

Dire que je n'avais qu'une envie : qu'on me laisse en **PAIX** !

Je traînai les pattes jusqu'à la porte…
– Ouiii ? répondis-je.

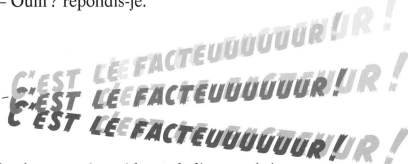

hurla une voix stridente de l'autre côté.
– Si tard ? Mais il fait presque nuit !
– Lettre recommandée urgente pour monsieur Stilton ! Vous pouvez ouvrir, s'il vous plaît ? J'ai besoin d'une petite *Signature*…
– J'ouvre tout de suite…
Je pris la lettre recommandée dans les pattes glacées du facteur, signai et rentrai, tout **ENGOURDI** par le froid.
Je me réinstallai, bien au chaud, dans mon fauteuil, et j'ouvris tranquillement l'enveloppe…

CENTRE COMMERCIAL BRUTY

Cher client,
Je suis particulièrement heureux de vous inviter
à l'inauguration du centre commercial Bruty,
qui aura lieu samedi après-midi à Sourisia.
À chacun de mes hôtes, je remettrai personnellement
un **SUPER-BRUTOCASQUE HI-FI!**
Ne ratez cela sous aucun prétexte : ce sera
une fête inoubliable!
Votre dévoué,

Brutus Bruty

Grattez le fromage
ci-contre. Vous pourriez être
l'heureux gagnant d'une paire de
bretelles parfumées au roquefort!

Je vous le garantis!

Brutus Bruty

J'étais en train de me demander ce que je pourrais bien faire d'une paire de **bretelles** parfumées au roquefort, lorsque la sonnerie du téléphone me fit de nouveau sauter en l'air.

Dire que je n'avais qu'une envie : qu'on me laisse en **PAIX** !

Un bon-cadeau pour monsieur Stilton

– Allô ? répondis-je.

– Allô ? Je parle bien à monsieur Geronimo Stilton ?

– Oui, c'est moi.

– **Booooooonsoiiiiiir**, monsieur Stilton ! Je suis Rongette, du **centre commercial Bruty** ! Vous êtes l'heureux gagnant d'un **bon-cadeau** à utiliser dans notre nouveau magasin de Sourisia. Félicitations, vous êtes un rongeur chanceux !

– Merci, mais je…

– En présentant votre **bon** à la caisse, vous vous verrez remettre une splendide ceinture aux vapeurs balsamiques idéale contre les rhumatismes ! Je vais vous dicter le **CODE SECRET** qui vous permettra de retirer votre cadeau. **Vous êtes prêt à noter ?**

– Non… je… enfin… attendez, je prends un papier…

– Votre code secret est le **39882023581595 0577514** ! Maintenant, vous pouvez raccrocher. Merci !

– … vous en prie ! murmurai-je.

Quelques secondes plus tard, le téléphone sonna de nouveau.

DRiiiiiiiiNG !!!

Dire que je n'avais qu'une envie : qu'on me laisse en **PAIX** !

ON IRA NOUS AUSSI, TONTON ?

Je répondis calmement :

– Ici *Stilton*...

– Salut, tonton !

– Salut, **Benjamin** ! Quelle bonne surprise ! Comment vas-tu ?

Je ferais n'importe quoi pour mon cher petit neveu, et c'est pourquoi, lorsqu'il me demanda :

– **ON IRA** nous aussi, tonton ?

je répondis sans réfléchir :

– Garanti au fromage qu'on ira !

Mais où exactement ?

– Comment cela, « **OÙ** » ?! Mais à l'inauguration du CCB !

– Le CCB ?

– Le **centre commercial Bruty** !

Salut, tonton !

Tu n'as pas vu la publicité à la télé ? Tous les clients recevront en cadeau un SUPER-BRUTO-CASQUE HI-FI ! C'est vrai que tu m'y emmèneras ?

Je devins d'abord jaunâtre comme du gruyère... **1**

... puis rouge comme du fromage au piment... **2**

... et enfin marron comme du fromage au poivre ! **3**

Je n'avais *aucune*, mais vraiment *aucune* envie d'aller dans un centre commercial.

Mais j'aurais préféré qu'on arrache un à un tous mes poils de moustache plutôt que de décevoir mon **NEVEU** ! Je répondis donc, décidé :

– Mais bien sûr que je t'y emmènerai ! Nous serons même les premiers clients :

parole d'honneur
de rongeur !

DE MAL… EN PIS !

Ce fut une fausse bonne idée !
Ce samedi après-midi-là, toute la ville de Sourisia se présenta à l'inauguration du CCB. À peine la voiture avait-elle démarré que nous fûmes prisonniers d'un **MÉGA-EMBOUTEILLAGE** !
Partout au bord de la route, la tête de ce gars, *ou plutôt de ce rat*, nous **SOURIAIT** sur des affiches publicitaires géantes.

LE TRAJET FUT TRÈS LONG...

DEUX HEURES ET QUART pour atteindre le parking !

TROIS QUARTS D'HEURE pour en faire le tour, sans trouver de place pour se garer !

UNE DEMI-HEURE pour se faufiler entre deux énormes 4x4 dans un autre parking, à huit kilomètres de là ! Parking Z, rang 899 !

UN QUART D'HEURE pour sortir de la voiture en passant par la fenêtre !

... MAIS ENFIN NOUS ARRIVÂMES !

En tout cas, c'est ce que nous croyions… Mais nous nous aperçûmes bientôt que nous devions retraverser tous les **PARKINGS** en suivant les flèches :

COURAGE, VOUS Y ÊTES PRESQUE !

POUR LE CCB, C'EST PAR ICI !

ALLEZ, ENCORE UN EFFORT…

Benjamin, frais comme une **rose**, m'encourageait :
– Allez, tonton, cours ! On est presque arrivés !
Moi, frais comme un **CAMEMBERT** de trois mois, j'essayais de garder le sourire, mais j'avais la langue **PENDANTE** lorsque nous parvînmes devant l'entrée du gigantesque **centre commercial Bruty** !!!

ENCORE FAIRE LA QUEUE !

Je remarquai tout de suite le gros **HÉLICOPTÈRE** posé sur le toit, avec les initiales BB en lettres d'or sur la portière.

Près de l'appareil, je vis une ANTENNE immense : à quoi pouvait-elle bien servir ? Enfin, il y avait une file d'attente longue d'un kilomètre devant un grand panneau lumineux : Super-Brutocasque HI-FI **GRATUIT** !

Benjamin et moi, nous fîmes la queue, comme les autres. Pendant que nous attendions, j'en vis de toutes les couleurs.

ON M'ÉCRASA
36 FOIS LES PATTES !

JE REÇUS
14 COUPS DE COUDE
DANS LE VENTRE !

UNE RONGEUSE
DE **95** KILOS
S'ENDORMIT SUR
MON ÉPAULE !

Brutus
Bruty

Au bout de trois quarts d'heure, nous atteignîmes le comptoir où nous attendait monsieur **Brutus Bruty**.

INDICE N° 1

QUELLE EST LA CHOSE LA PLUS BIZARRE
QUE TU AS REMARQUÉE À L'EXTÉRIEUR
DU CENTRE COMMERCIAL BRUTY ?

BRUTUS BRUTY

– Monsieur *Stilton* ! s'exclama-t-il en me broyant la patte d'une poignée **énergique**. Quel plaisir de vous compter parmi nous !

Je ne pus cacher ma **STUPÉFACTION** :

– Nous… nous connaissons ? répondis-je en me massant la patte.

– Je suis l'un de vos plus fervents **admirateurs** !
Je lis votre journal tous les matins et je connais la
plupart de vos 🄻🄸🅅🅁🄴🅂 par cœur ! Magnifique, excellent !

– Mer-merci ! bégayai-je, confus.

– Et qui est ce jeune souriceau ?

– C'est Benjamin, mon neveu !

– Ravi de te connaître, **Benjamin** ! Tiens,
pour toi et pour ton oncle, voici en cadeaux deux
Super-Brutocasques HI-FI ! Mettez-les
tout de suite ! Ils vont vous guider dans nos rayons,
où vous pourrez choisir nos 🄿🅁🄾🄳🅄🄸🅃🅂. Et voici
un jeton pour le Superchariot ! Vous allez faire de
bonnes courses, monsieur Stilton ! *Je vous le
garantis !* lança-t-il avec son éternel sourire étin-
celant et en me broyant de nouveau la patte.

– Mer… ci… répondis-je en serrant les dents.

LA COURSE
AUX ACHATS !

– Attends-moi, Benjamin ! criai-je en zigzaguant parmi la foule avec ce chariot très lourd.

Peine perdue ! Avec son casque sur les oreilles, Benjamin ne pouvait pas m'**entendre**.

« Bon, autant mettre ce casque, moi aussi… » pensai-je. Je l'avais à peine approché de mes oreilles qu'une

Tralala !

petite musique joyeuse me donna une irrésistible envie de **dan̈ser** et de **chanter** !

Je regardai autour de moi et découvris que tous les clients dansaient et s'égosillaient gaiement, avec leur Super-Brutocasque HI-FI sur les oreilles : petits et grands, jeunes et vieux. J'essayai de **résister** à la tentation de danser *(bizarre, moi qui n'aime pas cela !)* et de chantonner, mais c'était impossible. Bientôt, je me retrouvai à **SAUTILLER** et à fredonner avec le casque sur la tête… Bizarre, mais je me sentais joyeux !

Tralala !

Je regardai les rayons et me mis à **RAFLER** tout ce qui était à ma portée :

3 kilos de gruyère au gingembre, 2 radios-réveils en forme de fromage, 10 savonnettes au saint-nectaire, 13 bonnets fluorescents avec l'inscription « I ♥ Sourisia », 1 mixeur avec sèche-cheveux incorporé, 20 petits pots de baume à la papaye, 50 sachets de SGNIP-SGNAP caramélisés à la fondue.

De son côté, Benjamin faisait de même et, en quelques minutes, fourra dans le chariot :

1 ourson géant en caoutchouc mousse, 7 jeux vidéo pour sa Ratstation, 24 paires de palmes, 3 bouées en forme de chat, 400 ballons gonflables, 1 éléphant à roulettes.

INDICE N° 2

POURQUOI GERONIMO ET BENJAMIN ONT-ILS CETTE ÉTRANGE ENVIE DE DANSER ET DE CHANTER ?

CHARIOT CONTRE CHARIOT

À la fin, mon chariot était si rempli que je ne voyais plus devant moi.

Je finis par heurter un autre de ces paniers à quatre roues débordant de marchandises, que poussait

Au secouuuuuuurs !

la volumineuse rongeuse que j'avais déjà rencontrée.

Je m'affalai par terre, elle fit rouler sur moi son *poids plume* et mon casque fut éjecté de mes oreilles ! J'entendis alors dans ma tête le bruit d'un millier de bulles de savon qui éclataient.

Et quand je parvins à regarder autour de moi, je fus... pétrifié ! Mais qu'avaient-ils tous à danser et à chanter en faisant leurs courses ? Bizarre, bizarre...

Même Benjamin, mon petit neveu chéri, se comportait ainsi.

« **Par mille mimolettes !** Il y a quelque chose qui ne tourne pas rond ! » pensai-je.

Soudain, un gars, *ou plutôt un rat*, de la sécurité

s'approcha de moi : il portait un costume sombre, des lunettes noires et avait un petit **micro** devant les lèvres. Il me demanda :

– Vous vous êtes fait mal ?

– Eh bien, en fait…

– Je vais vous aider à vous relever, monsieur ! me coupa-t-il.

– Auriez-vous l'*amabilité* de m'expliquer…

– Voici votre chariot, je remets tout en place… m'interrompit-il de nouveau.

– Merci… mais, excusez-moi, pourquoi tous ces
gens dansent-ils et chantent-ils ?
Il ignora ma question.
– *ET N'OUBLIEZ PAS VOTRE CASQUE !*
dit-il en replaçant l'appareil sur ma tête.

Puis il s'éloigna en chucho-
tant dans son micro :
– *Danger écarté… situation contrôlée.*
Aussitôt, une nouvelle petite
musique sortit du casque :
j'étais de nouveau joyeux !
Benjamin me rejoignit peu après et nous
allâmes faire la queue à la CAISSE
NUMÉRO 320.

INDICE Nº 3 ◄ - - - - - ¬
POURQUOI LE RONGEUR DE LA
SÉCURITÉ DIT-IL DANS SON MICRO
« DANGER ÉCARTÉ » ?

RETOUR À LA MAISON

Il ne fallut pas moins de 44 sacs plastique pour transporter tout ce que nous avions acheté !

Je payai une somme **ASTRONOMIQUE** et reçus en cadeau les bretelles parfumées au roquefort et la ceinture aux vapeurs balsamiques, même sans le code secret ! Nous rentrâmes à la maison en *CHANTANT* à tue-tête les airs que diffusaient nos casques.

Comme nous étions joyeux !

Nous déposâmes nos achats dans la salle de séjour,

puis la musique dans mon casque s'éteignit toute seule. J'entendis encore dans ma tête le bruit d'un millier de bulles de savon qui éclataient.

Et lorsque je me retrouvai debout au milieu de toutes ces babioles inutiles, je me sentis soudain…
TRÈS MALHEUREUX !

Devant moi, Benjamin souriait encore en **FIXANT** le vide et en fredonnant la musique qui sortait de son casque.

Mais que se passait-il donc ?

Pourquoi la musique produisait-elle cet effet étrange ? J'arrachai le casque de Benjamin. Il revint à lui en dix minutes et la première chose qu'il me dit fut :

– C'est quoi, tous ces trucs, tonton ? Tu as fait les courses ?

IL NE SE SOUVENAIT ABSOLUMENT DE RIEN !

CHAPERLIPOPETTE, QUELLE CAMELOTE !

Le lendemain, à 6 heures du matin, les deux RADIOS-RÉVEILS *Bruty* en forme de fromage me firent bondir hors du lit avec cette annonce :

LE CENTRE COMMERCIAL BRUTY VOUS SOUHAITE UNE BONNE JOURNÉE ET VOUS ATTEND AVEC DES OFFRES ASSOURISSANTES !

Aussitôt, je me souvins du centre commercial Bruty et de tous les achats que Benjamin et moi y avions effectués !

Argh !

Je pris une **douche** avec une savonnette *Bruty* au saint-nectaire : en deux minutes, je fus couvert de boutons **rouges** irritants.

Chaperlipopette, quelle camelote !

Je voulus apaiser les démangeaisons avec le baume *Bruty* à la papaye : les boutons devinrent **verts** et les démangeaisons empirèrent !

u secours !

Chaperlipopette, quelle camelote !

J'essayai alors de me préparer un **coulis** de poire au camembert à l'aide du nouveau mixeur *Bruty* avec sèche-cheveux incorporé, mais à peine l'avais-je mis en marche qu'une poire atterrit sur ma tête et

Beurk !

que le camembert alla s'écraser au plafond.

Chaperlipopette, quelle camelote !
Je mis les bretelles *Bruty* parfumées au roquefort, mais mon pantalon **RETOMBA** d'un coup sur mes chevilles.

Chaperlipopette, quelle camelote !

Enfin, j'ouvris un sachet de
SGNIP-SGNAP
Bruty caramélisés à la fondue, goûtai et me retrouvai avec les dents collées.

Chaperlipopette, quelle camelote !
Je me jurai de ne plus *JAMAIS* remettre les pattes dans un centre commercial qui vendait des produits d'aussi mauvaise qualité et je me rendis au bureau à patte.

En route, je croisai une maman qui avait perdu l'une des **roues** de sa nouvelle poussette *Bruty*. Puis je vis deux souriceaux qui allaient à l'école avec leur nouveau sac à dos *Bruty* décousu et un rongeur qui faisait son footing et dont les nouvelles chaussures GAMBAD *Bruty* avaient les semelles décollées.

« Ça suffit, me dis-je. Il faut dénoncer ce vaurien ! » Et je déboulai dans la salle de rédaction, prêt à écrire un article très **CINGLANT** dans mon journal. J'avais déjà un titre :

MAIS QUE SE PASSAIT-IL ?

D'autres surprises m'attendaient au bureau : tous mes collaborateurs portaient le Super-Bruto-casque HI-FI et travaillaient en chantonnant et en dansant !

– Mais que se passe-t-il ? demandai-je à **Matraquette Matraqueratte**, une de mes excellentes collaboratrices. Elle s'approcha, vêtue d'un **pull** jaune canari frappé de l'inscription « I ❤ CCB ».

Soulevant le casque qu'elle portait sur les oreilles, elle dit :

– Salut, Geronimo ! Cette musique est SPATIALE ! Il faut que tu écoutes ça !

Elle s'éloigna en dansant sur une seule patte.

Mais que se passait-il ?

Quelques minutes plus tard, Patty Pattychat se présenta dans mon bureau avec des épreuves d'imprimerie du journal.

– Regarde, Geronimo, ça te plaît ? demanda-t-elle.

Je **bondis** sur ma chaise : la dernière page était entièrement occupée par le visage **SOURIANT** de Brutus Bruty sur une publicité pour son centre commercial !

– Mais qui a donné l'autorisation ?! m'écriai-je, les moustaches **vibrant** d'indignation.

– C'est ta sœur **Téa**, Geronimo ! Je téléphonai aussitôt à Téa, mais tombai sur ce **MESSAGE** : « Bienvenue sur le répondeur téléphonique de Téa Stilton. Je suis au centre commercial Bruty pour ne pas rater la **PROMOTION** de la semaine : trois vélos d'appartement pour le prix de deux ! »

Mais que se passait-il ?

METS TON CASQUE, STILTON !

Je rentrai chez moi. Je me préparai une bonne tasse de *camomille* et essayai de réfléchir : pourquoi personne ne réussissait à résister à l'appel du CCB et à ses produits de piètre qualité ? Je regardai mon Super-Brutocasque HI-FI : il était éteint, ou il avait l'air de l'être. Brusquement, un **BOUR-DONNEMENT** sortit des écouteurs. J'entendis une voix qui répétait un message bizarre : « Mets-mets-mets ton casque ! Mets-mets-mets ton casque ! » Je me levai comme un **automate** : j'éprouvais le besoin irrésistible de mettre le casque. Je m'approchai pour le prendre, mais, soudain, la voix se tut. Puis elle reprit : « Mets-mets-mets ton… »
Puis elle se tut.

Puis elle reprit encore : «Mets-mets-mets…» BZZ…

Puis le casque s'éteignit définitivement : IL ÉTAIT EN PANNE!

J'entendis de nouveau dans ma tête ce bruit d'un millier de bulles qui éclataient…

Quand je revins à moi, je commençai à réfléchir à ce qui s'était passé... C'est alors qu'on sonna à la porte. J'allai ouvrir et je me trouvai devant Benjamin et son amie Pandora Woz, tous les deux avec un casque sur les oreilles et sautillant joyeusement.

– Salut, tonton ! On y retourne ? s'exclama Benjamin.

– On retourne... où ? demandai-je, tout en connaissant parfaitement la réponse.

– Mais au **CCB**, oncle G ! répliqua Pandora, heureuse.

– Entrez, je dois vous dire quelque chose de très *important*...

INDICE N° 4

AS-TU COMPRIS CE QUI ARRIVE À GERONIMO ?

VOUS AVEZ COMPRIS, MAINTENANT ?

J'enlevai leur casque à Benjamin et Pandora et attendis au moins dix minutes qu'ils reprennent leurs esprits. Puis je leur expliquai mes **CONCLUSIONS**.

– Vous avez compris ? dis-je enfin.

– Un casque qui **influence** les gens pour qu'ils achètent ? me demanda Benjamin en écarquillant des yeux **JAUNES**. Tu es sûr ?

– Quasi certain.

– Mais le casque ne diffuse que de la musique, et pour annuler l'effet de cette musique, il suffit de l'**ÉTEINDRE** ! dit Pandora.

– Le **casque** te persuade de le mettre sur tes oreilles. C'est ce qui s'est passé tout à l'heure avec

le mien… Après quoi il est tombé en panne et j'ai tout compris! répondis-je.

– Mais, **oncle G**, comment un casque peut-il te forcer à faire quelque chose? s'écria Pandora, **INQUIÈTE**.

– C'est justement ce que je veux découvrir!

– Tonton! s'exclama soudain Benjamin. **Je sais qui pourrait nous aider!**

DES ONDES SONORES SUBHYPNOTIQUES

Il fallut moins de dix minutes au **PROFESSEUR AMPÈRE VOLT** pour percer le mystère.

– Des ondes sonores subhypnotiques, j'en étais sûr ! nous dit-il.

– Des ondes sub… quoi ?

– Un type d'ondes sonores qui hypnotisent ! expliqua alors le professeur. La personne qui les écoute fait **TOUT** ce qu'on lui ordonne.

– Vous voulez dire, professeur, qu'en diffusant ces ondes Brutus Bruty peut convaincre les gens de se rendre dans son centre commercial et d'acheter ses produits ?

– *EXACTEMENT !*

– Mais c'est de l'**escroquerie** !

– Et ce n'est pas tout ! poursuivit Ampère Volt. Le casque peut être mis en marche à distance et **DIFFUSER** ses ondes sur des kilomètres... Il suffit d'une antenne assez puissante.

– Voilà à quoi servait cette antenne sur le toit ! s'exclama Benjamin. Mais c'est une **super-escroquerie** !

– Et vous, Geronimo, reprit le professeur, vous avez eu de la chance, parce que votre casque est tombé en panne ! Peut-être a-t-il fait une chute ?

– Laissez-moi réfléchir... mais oui, la dame qui m'est **rentrée** dedans avec son chariot l'a fait voler en l'air !

– Ceux de Benjamin et de Pandora, comme ceux de milliers d'habitants de Sourisia, eux, fonctionnent bien, et même très **bien**, et chaque fois

qu'ils s'allument, ils diffusent les ondes… précisa le professeur Volt.

– Mais celui qui a imaginé ça est un vrai **abruti** ! s'écria Pandora.

– C'est plutôt un vrai Bruty ! conclut notre ami en éclatant de rire.

– Nous devons DÉMASQUER cet imposteur ! dis-je. Je vais apporter le casque à la police ! Et je vais publier la vérité en première page du journal !

– Nous avons une idée plus amusante… si le professeur est d'accord ! s'exclamèrent Benjamin et Pandora en regardant le casque. Il suffira d'une petite MODIFICATION…

INDICE N° 5

QUE VEULENT MODIFIER BENJAMIN ET PANDORA ?

L'ONDE DE LA PROTESTATION

Le plan de ces petits malins était *parfait* et le professeur nous aida à le réaliser avec grand plaisir.

Le lendemain matin, Benjamin et Pandora vinrent me chercher et nous nous rendîmes ensemble au **centre commercial Bruty**, où nous attendait le professeur Volt.

Je remarquai de nouveau l'hélicoptère sur le toit et la très **grande** ← → antenne qui diffusait les ondes sonores.

On y va!

Cette fois encore, le **centre** était plein, mais les gens n'étaient plus comme l'autre jour. Ils ne souriaient plus. Au contraire, ils avaient l'air plutôt furieux !

Une file d'attente d'un kilomètre s'étirait devant la salle des RÉCLAMATIONS : tous les clients rapportaient des marchandises défectueuses et protestaient.

Regardez-moi ça !

Ça ne fonctionne pas !

– Cette couverture chauffante ne fonctionne pas !
criait un vieux rongeur en brandissant sa **canne**.

– Ce biberon fuit ! criait une maman avec son bébé
dans sa poussette.

– Cette **fourrure** de chat synthétique
a deux trous aux aisselles ! criait une rongeuse
GIGANTESQUE.

– Rendez-nous notre argent ! criaient les autres.
VOLEURS !

Un rat de la sécurité essayait de retenir tout le
monde, mais la protestation grandissait.

Cependant, aucune trace de **Brutus Bruty**.
Benjamin, Pandora et moi, nous riions sous cape :
tout **marchait** à la perfection ! Il avait suffi
que le **PROFESSEUR VOLT** fasse subir une
petite MODIFICATION aux ondes sonores
du casque pour inciter les habitants de Sourisia à ne
pas se laisser escroquer !

Les heures du **centre commercial Bruty**
étaient comptées.

Nous retournâmes au parking pour récupérer notre
voiture.

– Regarde, tonton ! cria Benjamin.

COLOSSALE ARNAQUE !

Je levai la tête et vis l'hélicoptère noir qui s'envolait du toit du centre commercial : **Brutus Bruty** prenait la fuite !

Le lendemain, la une de *l'Écho du rongeur* affichait un grand titre. J'écrivis moi-même l'article qui dénonçait l'**escroquerie** de Bruty, mais c'était inutile, désormais : les habitants de Sourisia avaient retrouvé leur calme et avaient assisté avec satisfaction à la fermeture du **centre commercial Bruty** !

Je corrigeais les épreuves de la première page quand Benjamin et Pandora entrèrent dans mon bureau.

Ils avaient un casque sur la tête, sautillaient dans tous les sens et ils me demandèrent :

– Tonton, oncle G, tu nous accompagnes au nouveau magasin de **JOUETS** qui vient d'ouvrir dans le centre ? Ils donnent un cadeau énorme !

Tu nous accompagnes, tonton ?

Quoiiii ?!?

– Par mille mimolettes ! m'exclamai-je. Ça recommence ?!

– Ha, ha, c'était une farce ! dirent-ils en retirant leur casque et en m'embrassant.

– Tu sais, oncle Geronimo, ajouta Benjamin, nous l'avons déjà, notre cadeau.

– Ah oui ? Et c'est quoi ?

– Un oncle *merveilleux* comme toi !

Hourra!!!   Hourra!!!

ES-TU UN BON...
ENQUÊTEUR?

▶ **1** Quelle est la chose la plus bizarre que tu as remarquée à l'extérieur du centre commercial Bruty? *L'immense antenne installée sur le toit du CCB.*

▶ **2** Pourquoi Geronimo et Benjamin ont-ils cette étrange envie de danser et de chanter? *À cause de la musique diffusée dans le casque.*

▶ **3** Pourquoi le rongeur de la sécurité dit-il dans son micro «danger écarté»? *Parce qu'il a réussi à remettre le casque sur les oreilles de Geronimo avant que celui-ci ne s'aperçoive que quelque chose de bizarre se passe dans le CCB.*

▶ **4** As-tu compris ce qui arrive à Geronimo? *Son casque est en panne et ne transmet plus le message qui le persuade de le mettre sur ses oreilles.*

▶ **5** Que veulent modifier Benjamin et Pandora? *Les ondes sonores du casque, afin de changer le message émis et de convaincre les gens de rapporter les marchandises défectueuses.*

À COMBIEN DE QUESTIONS AS-TU RÉPONDU?

TOUTES LES 5 : TU ES UN ENQUÊTEUR AU POIL!

DE 2 À 4 : TU ES UN BON ENQUÊTEUR, MAIS TU PEUX ENCORE T'AMÉLIORER!

MOINS DE 2 : TU ES UN ASSEZ BON ENQUÊTEUR, ENTRAÎNE-TOI ENCORE POUR DEVENIR UN ENQUÊTEUR AU POIL!

TABLE DES MATIÈRES
LE MONSTRE DU LAC LAC

COLOSSALE ARNAQUE !

Geronimo Stilton

DANS LA MÊME COLLECTION

68 Geronimo Stilton — DÉPÊCHE-TOI, CANCOYOTE !

69 Geronimo Stilton — GERONIMO, L'AS DU VOLANT

70 BONS BAISERS DU BRÉSIL

Et aussi...

Le Voyage dans le temps tome I
Le Voyage dans le temps tome II
Le Voyage dans le temps tome III
Le Voyage dans le temps tome IV
Le Voyage dans le temps tome V
Le Royaume de la Fantaisie
Le Royaume du Bonheur
Le Royaume de la Magie
Le Royaume des Dragons
Le Royaume des Elfes
Le Royaume des Sirènes
Le Royaume des Rêves
Le Secret du courage
Énigme aux jeux Olympiques

Les Préhistos
1. Pas touche à la pierre à feu !
2. Alerte aux météorites
   sur Silexcity !
3. Des stalactites dans
   les moustaches !
4. Au trot, trottosaure !
5. Tremblements de rire à Silexcity
6. Un micmac préhistolympique !

L'ÉCHO DU RONGEUR

1. Entrée
2. Imprimerie
   (où l'on imprime les livres et le journal)
3. Administration
4. Rédaction (où travaillent les rédacteurs,
   les maquettistes et les illustrateurs)
5. Bureau de Geronimo Stilton
6. Piste d'atterrissage pour hélicoptère

Fleuve Souris

Plage

Sourisia, la ville des Souris

1. Zone industrielle de Sourisia
2. Usine de fromages
3. Aéroport
4. Télévision et radio
5. Marché aux fromages
6. Marché aux poissons
7. Hôtel de ville
8. Château de Snobinailles
9. Sept collines de Sourisia
10. Gare
11. Centre commercial
12. Cinéma
13. Gymnase
14. Salle de concerts
15. Place de la Pierre-qui-Chante
16. Théâtre Tortillon
17. Grand Hôtel
18. Hôpital
19. Jardin botanique
20. Bazar des Puces-qui-boitent
21. Maison de tante Toupie et de Benjamin
22. Musée d'Art moderne
23. Université et bibliothèque
24. La Gazette du rat
25. L'Écho du rongeur
26. Maison de Traquenard
27. Quartier de la mode
28. Restaurant du Fromage d'or
29. Centre pour la Protection de la mer et de l'environnement
30. Capitainerie du port
31. Stade
32. Terrain de golf
33. Piscine
34. Tennis
35. Parc d'attractions
36. Maison de Geronimo Stilton
37. Quartier des antiquaires
38. Librairie
39. Chantiers navals
40. Maison de Téa
41. Port
42. Phare
43. Statue de la Liberté
44. Bureau de Farfouin Scouit
45. Maison de Patty Spring
46. Maison de grand-père Honoré

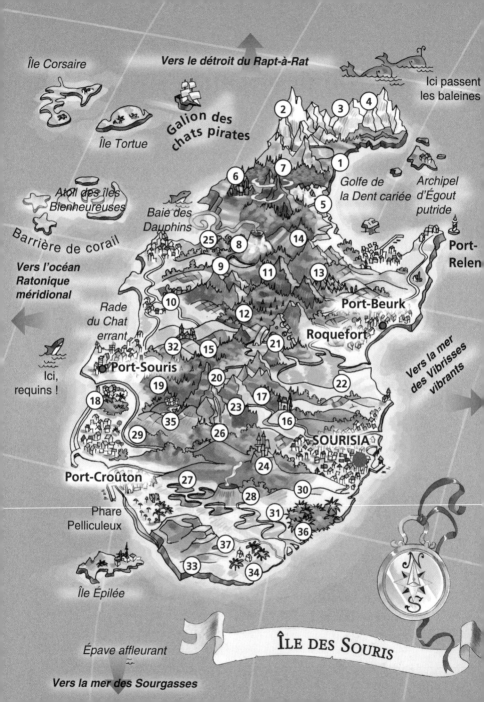

ÎLE DES SOURIS